AF199065

Unterhaltung geht weiter

Short Stories und Gedichte 2

Michael Mielke

Für Florian

Herstellung und Verlag:
BoD - Books on Demand, Norderstedt
ISBN 978-3-7460-0999-5

Inhalt

Liebe Ansichtskarte

Liebe Ansichtskarte,
ehrfurchtsvoll halte ich Dich in meinen Händen.
Du bist weit gereist. Aus New York kommst Du
zu mir. New York in den USA. Ich drehe Dich
von vorne nach hinten. Und von hinten nach
vorne. Ich sehe mir die Bilder auf Deiner
Vorderseite an. Verschiedene Motive von New
York sind darauf abgebildet. Bei sehr schönem
Wetter aufgenommen.
Was willst Du mir erzählen, Du liebe
Ansichtskarte?
Vielleicht etwas von dem Fotografen?
Wer mag er gewesen sein.
Ein junger Mann?
War er an dem Tag, als die Bilder entstanden
sind, entspannt oder stand er unter Druck.
Vielleicht bekam seine Frau gerade ein Kind
und er musste sich beeilen, die Fotos noch
rasch im Studio abzugeben.
Vielleicht wurde dieses Kind ja ein Mädchen.
Ein wunderschönes Mädchen mit dunklem
Haar, das später einmal ein Model werden
sollte.

Ach, wer weiß.

Ich drehe dich wieder um, liebe Ansichtskarte, und sehe den Text auf deiner Rückseite.

Was steht da und von wem ist der Text überhaupt verfasst worden?

Eine unleserliche Unterschrift.

Sie ist mir völlig unbekannt und ich fange an zu rätseln.

Wer von meinen Bekannten könnte denn im Moment in den USA sein?

Mir fällt keiner ein und ich lasse mich lieber von der bunten Briefmarke ablenken. Wer ist denn darauf abgebildet? Ich muss die Lupe nehmen, um das zu erkennen. Es ist George Washington. Aha, der war ja der erste Präsident der USA. Viel Ehre für einen Menschen, auf einer Briefmarke in Erinnerung bleiben zu dürfen.

Wie ich dich so zwischen meinen Fingern halte liebe Ansichtskarte, spüre ich nicht einfach nur dünne Pappe, sondern auch deine Geschichte. Deine Geschichte beginnt in irgendeinem Wald, der den Baum geliefert hat. Aus diesem Baum und anderen Materialien, wurdest du zusammen gerührt, gepresst und getrocknet, geschnitten und beschriftet. Bis du so geworden bist, wie du jetzt zwischen meinen Fingern ruhst.

Wenn du fühlst, fühlst du manches Mal den Wald aus dem du kommst?

Ich konzentriere mich wieder auf den Text, den man auf deinen Leib geschrieben hat. Es sind nur belanglose Urlaubsgrüße ohne literarischen Wert. Ein hastiger Erlebnisbericht aus der Stadt, die niemals schläft. Jetzt merke ich erst, dass ich nicht gemeint bin. Schade.

Die Ansichtskarte ist für meinen Nachbarn geschrieben worden. Vorsichtig stecke sie in seinen Briefkasten.

Es ist schön, dass es Dinge wie Ansichtskarten gibt. Dinge, die Gedanken in das Land der Phantasie verreisen lassen.

Bei Licht besehen

Wie lange stehe ich hier eigentlich schon?
Die Jahre sind wie im Fluge vergangen. Eben
war ich noch strahlend schön. Jetzt fange ich
an zu verwittern.
Es wird jeden Tag kälter. Die unangenehme
Feuchtigkeit des Novembers setzt mir bereits
schlimm zu. Mein morsches Innenleben rostet
so vor sich hin. Die Lebensadern verhärten
sich. Hoffentlich werden die Ströme nicht durch
einen Kurzschluss in ihrem Bewegungsdrang
behindert.
Ach, wie schön ist doch der Frühling, wenn die
Sonne auf meinen Panzer scheint. Ihn
durchdringt und mich innerlich aufheizt. Aber
das dauert noch.
Wie alt bin ich überhaupt? Das muss 1930
gewesen sein, als ich die Umgebung zum
ersten Mal wahrgenommen habe. Was ist bloß
alles in der Zwischenzeit passiert.
Aufmärsche, Krieg und wieder Frieden. Dann
wieder Aufmärsche und zwischendrin auch
manchmal Ruhe. Dafür dann wieder Baulärm,

Menschengeschrei und Köter mit ihren feuchten Geschäften.

Ein Genuss dagegen waren die regelmäßigen Untersuchungen meines Innenlebens und die Überholung meines Äußeren.

Das war wie ein Bad in einem Jungbrunnen. Ich muss mich gedulden, denn die nächste Schönheitsrunde steht erst in acht Monaten an. Da freue ich mich schon so darauf.

Es wird jetzt schnell dunkel.

Wie immer um diese Jahreszeit.

Bereits um kurz nach fünf.

Ah, da ist es schon. Ich spüre das Kribbeln. Dieses wunderbare Kribbeln, das aus der Erde kommt.

Es ist jeden Tag aufs Neue ein herrliches Erlebnis.

Ich möchte es nicht missen.

Dann flutet der Strom unaufhaltsam nach oben.

Bis hinauf in meinen fünf Meter entfernten Kopf.

Zehn Glühlampen werden munter.

Ich strahle und meine Umgebung wird erleuchtet.

Bei Licht besehen bin ich doch eine noch sehr gut erhaltene Laterne.

Irgendein Tag beginnt

Paul Götze erwacht an irgendeinem Tag. Er hat den fauligen Geschmack von billigem Fusel im Mund und blickt mit rot geränderten Augen in den grauen Morgenhimmel. Die fettigen Haare wischt er mit seiner schwieligen rechten Hand aus der zerfurchten Stirn. Seine Glieder schmerzen vom Liegen auf dem kalten, harten Boden. Hose, Windjacke und Schuhe sind in demselben erbärmlichen Zustand wie er. Früher lebte Paul nicht auf der Straße. Früher, als seine Frau noch lebte. Als sein Leben wie auf Schienen gestellt ablief. Vorbei. Paul Götze schüttelt sich den Dreck von der Hose und geht zur Arbeit. Es ist eine sehr harte Arbeit. Das Betteln um Münzen für Brötchen und neuen Fusel. Fusel, der ihn immer wieder in eine wärmende Scheinwelt entführt. Ein Stadtstreicher wie Paul hat keine andere Wahl. Die Sonne verdrängt gemächlich die grauen Wolken. Das tut dem gelbschwarzen Mischlingsrüden gut. Er streckt sich genüsslich und lässt den Rest einer halb verwesten Ratte in seiner Schnauze verschwinden.

Ein kräftiger Windstoß bläst den Duft frisch gebrühten Kaffees weg von dem angelehnten Küchenfenster des Abrisshauses. Vor wenigen Minuten hat der letzte Mieter das Haus verlassen. Strom, Gas und Wasser sind abgestellt und das Haus ist nur noch eine leere Hülle. Die Sprengladungen werden Explosionen mit Staub und Dreck auslösen. Die Druckwelle wird noch weit zu spüren sein. Wie üblich werden die Gaffer neugierig glotzen, beißende Asche schmecken und feuchten Mörtel riechen.

Da schleudert ein rostiger VW Golf viel zu schnell um die Ecke. Fridolin Fest ist in Eile. Sein Ziel ist die Kugellager-Fabrik mit der hellroten Fassade. Menschen strömen hinein, bemüht, pünktlich zu sein. Sie hasten zu den Umkleideräumen, wo sie der abgestandene Geruch ihres gestrigen Schweißes bereits erwartet. Fridolin Fest springt aus seinem Auto und fühlt sich krank. Das Sodbrennen ist wieder da. Er ist bereits zum dritten Mal zu spät. Seine Stelle als Werkspraktikant hängt an einem seidenen Faden. Das hat ihm der Werkleiter zu verstehen gegeben. Der Werkleiter ist ein

Freund seines Vaters. Sie kennen sich seit Studientagen und der gemeinsamen Zeit in der schlagenden Verbindung Teutonia Germania.

Fridolin rennt mit geröteten Wangen in sein kleines Büro.

Das Abrisshaus stürzt krachend in sich zusammen.

Ruhe will sich gerade über die staubverhüllte Straße legen, als eine zweite, alles zerfetzende Detonation erfolgt.

Ratlosigkeit breitet sich aus.

Stumme Fragen nach dem Warum.

Dann Schreie von Verletzten.

Später wird man wissen, dass ein Blindgänger aus dem zweiten Weltkrieg übersehen worden ist.

Der Staub legt sich und gibt den Blick frei auf ein Trümmerfeld.

Fridolin Fest stolpert aus seinem Büro. Nur noch raus aus der zerstörten Fabrik denkt er. Er will weg von diesem Ort und dem Schutt und den herumliegenden Menschenleibern. Er läuft an der Nische des ehemaligen Wohnhauses vorbei und bemerkt im Augenwinkel ein Bündel Lumpen. Sind das wirklich nur Lumpen?

Fridolin sieht Blut. Das war einmal ein Mensch. Wegen der armseligen Kleidung wahrscheinlich ein Obdachloser. Daneben liegt etwas schwarzgelb im Blut. Die Überreste eines Tier? Fridolin stützt sich röchelnd am Rest einer Mauer ab.

Tränen der Hilflosigkeit, des Entsetzens und der Angst rinnen ihm aus den Augen und bilden auf seinem staubigen Gesicht Flussläufe, die als Tropfen von seinem Kinn im Dreck der zerstörten Straße versickern.

Irgendein Tag hat begonnen.

Rolf Zacher spielt eine Lesung

Rolf Zacher kommt sieben Minuten zu spät auf die Bühne.

Er hat einen langen weißen Schal um den Hals gebunden. Um die Hüfte trägt er einen hellbraunen Pullover, dessen verknotete Ärmel vorne herum schlenkern. Der Anzug ist schwarz, wie die Weste. Aber Rolf trägt Turnschuhe! Eine insgesamt befremdliche Zusammenstellung. Aber passend für einen Komödianten. Das Publikum tobt vor Begeisterung. Es fällt nicht auf, dass das Schlossparktheater nur zu gut zwei Drittel gefüllt ist. Der Künstler startet mit einem launigen Spruch: „Na, wie geht's Euch? Geht's Euch gut?" Er trinkt sein erstes Glas Wasser. „Wasser ist wichtig. Ich trinke jeden Tag drei Liter." Der Bann ist gebrochen, die Verbindung hergestellt. Zacher zeigt seine Variante des Moonwalks. Kichern und Zwischenrufe lassen ihn weiter warmlaufen. Vorn steht eine richtige Rampensau. Gebt ihr Zucker und sie wird Euch gut unterhalten. Er erzählt sofort aus seinem nicht langweiligen Leben, bis er darauf kommt, dass er eigentlich eine Lesung seines autobiografischen Romans abhalten soll. Wieder ein Schluck Wasser. Er sucht seine Lesebrille, die er schon aufhat. Die Lesebrille hat einen Gurt. Zacher nimmt die gegurtete Brille ab und fummelt mehrere Minuten mit ihr herum, wie ein Schlangenbeschwörer. Dabei erzählt er fleißig und ununterbrochen Geschichten. Der Saal geht mit. Er setzt sich. Trinkt ein Glas Wasser. Ruft nach seinem Assistenten: „Wasser ist alle." Der Assistent kommt und füllt nach. „Danke, mein Lieber." Noch ein Schluck. „Warum ist das heute so trocken hier?" Steht wieder auf. Rennt zwischen einem bestuhlten Schreibtischchen und einem Pult hin und her. Mal vorne herum, mal hinten herum. Erzählt dabei, erzählt und erzählt. Die Worte fließen als Geschichten aus seinem Mund, wie ein Wasserfall. „Weeste, den Carl Raddatz hab ick hier im Schlossparktheater jesehn. Mann, war der besoffen uff der Bühne. Gehörte aber zur Rolle. Der Raddatz war immer so authentisch." Zacher ist Berliner. Musste er mal loswerden. Kann aber auch bayrisch und sächsisch. Wann holt der Luft?

15

Weiter geht's. Zacher setzt sich. Nimmt sein Buch, aus dem bunte Zettel quellen. Und legt es wieder weg. Er muss noch schnell etwas erzählen. Über Klaus Kinski. Oder lieber doch nicht. Kinski passt aktuell nicht ins Programm. Wegen Polas Kindheitserinnerungen. Er verkneift sich mühsam seinen Kommentar. Also startet er jetzt mit dem Vorlesen. Und schon stottert er. Ist Lesen heute nicht sein Ding? Lesen geht überhaupt nicht flüssig vonstatten. Kommt eben wieder eine schnell erzählte Geschichte über sein früh gewecktes Liebesleben. Wie ihm im Kino ein Mädel einen runterholt obwohl es mit ihrem Freund da war. Das Publikum hält sich die Bäuche. Dazu als Untermalung Laufen und nochmals Laufen. Die Bühne ist seine Joggingstrecke. „Ich bin jetzt einundsiebzig, Mensch. Ich laufe jeden Tag. Und bei schlechtem Wetter eben zuhause." Sagt's und macht wieder den Moonwalk. Das Publikum prustet um die Wette. Zwischenrufe nimmt er gerne entgegen. Dann läuft er zur Hochform auf. Kontert geschickt. Und erzählt wieder. Bloß nicht vorlesen. Endet nur im Stottern. Schaut auf die Uhr.

Pause.

Die Pause ist zehn Minuten länger, als sonst üblich. Aber Rolf darf das. Der Zuschauerraum wird dunkel. Die Spannung steigt. Und. Da ist er wieder. Unser Liebling. Starker Applaus, obwohl noch gar nichts passiert ist. Jetzt wird gelesen. Disziplin. Und: Jetzt geht's auch ohne zu stottern. Längere Textstellen aus dem Leben folgen. Die Mutter, der Bruder, Umzüge nach und von Berlin. Bäckerlehre. Schnell mal ein Glas Wasser zwischendurch. Rolf Eden und sein Eden Saloon. Schauspielschule. Sex und immer wieder Sex. Dann geht die Joggingtour in die nächste Runde. Und wieder Wasser und Vorlesen und Erzählen.

Plötzlich ist Schluss. „Ick sing Euch noch wat. Hoffentlich hab ick den Text nicht vajessn". Zacher legt los. Singen kann er auch. Und das ohne Orchester. Wo der Text fehlt, wird durch „Du Da Da, Da Di Da Dei" ausgebügelt. Ergänzt durch ein breites Grinsen. Das geneigte Publikum ist beeindruckt.

Dann ist wirklich Feierabend. Rolf Zacher tritt ab. Nicht ohne darauf hinzuweisen, dass er noch eine Hör-CD signieren und Autogramme geben wird. Das Publikum klatscht sich die Hände wund und freut sich schon auf die nächste Vorstellung von Rolf Zacher, wenn er dann wieder eine Lesung spielen wird.

Starren auf geronnenes Damals

Cottbus im Dezember.

Trostlos.

Aber was will er machen. Sein Job führt ihn auch nach Cottbus. Oder nach Chemnitz. Orte mit C. Es gibt Orte, zu denen er lieber fährt. Orte mit H. Wie Hannover, Hamburg oder Helsinki. Wann war er das letzte Mal in Helsinki? Das ist Lichtjahre her. Schön ist Helsinki im Sommer. Er möchte träumen. Die Gedanken in Helsinki spazieren schicken. Aber er sitzt im Auto. Wie lange ist es her, dass er das Auto geparkt hat? Bestimmt dreißig Minuten. Das Auto kühlt langsam aus. Schneeregen fällt auf die Windschutzscheibe. Das Laternenlicht verströmt sich vereinzelt wie Sternenglanz. Die Köpfe der Wasserschlieren auf der Scheibe werden dadurch silbrig und gleiten gemächlich, einen langen Schweif nach sich ziehend, an ihr herunter. Sein Atem beschlägt die Scheibe von innen. Sie wird undurchsichtiger. Die Windschutzscheibe verwandelt sich zu einem impressionistischen Gemälde. Leider fehlt ein Rot. Ampellicht würde das Bild beleben. Aber es ist vier Uhr morgens und dunkel auf diesem Rasthof ohne Ampeln. Er hatte angehalten, um sich auszuruhen. Die Fahrt war anstrengend gewesen. Sie war noch nicht zu Ende. Weniger als die Hälfte liegt hinter ihm. Seine Augenlider werden schwerer und schwerer. Er schläft. Er wird wach. Wovon weiß er nicht. Er ist einfach wieder da. Er fühlt sich frischer. Es geht ihm besser. Tatendrang, der zurückkehrt. Losfahren. Er startet den Wagen und fährt in das schneeige Dunkel. Nach Hamburg. Zur Beerdigung seines besten Freundes. Kälte, nicht nur in seinem Herzen. Wie lange hat er seinen besten Freund nicht mehr gesehen.Acht Jahre? Der Kontakt war auf wenige Telefonate zusammengeschmolzen. Jeder wusste, dass der andere da war. Und das reichte. Für den Fall aller Fälle. Der Fall kam nicht. Bis heute. Es ist zu spät. Zu spät noch einmal anzufangen. Trauer erfüllt ihn. Die Autobahn vor ihm ist nicht endlos. Bis Hamburg sind es nur noch einhundertfünfzig Kilometer.Er fährt langsamer. Um Zeit zu gewinnen?

Doch wofür? Eine Reise in die Vergangenheit gibt es nur beim Blick auf alte Fotos. Es ist ein Starren auf geronnenes Damals.

Der Friedhof liegt links. Er parkt. Er nimmt das Blumengebinde aus dem Kofferraum und geht mit ungewohnt kleinen Schritten durch das riesige Friedhofstor. Dessen Säulen erinnern ihn an Griechenland.

Griechenland. Kreta. Das kleine, staubige Dorf. Mittagshitze, die unerträglich ist. Und dann das blaue Meer. Dieser Blick auf die kleine vorgelagerte Insel. Wie ein Postkartenmotiv. Blauer Himmel ohne Wolken, blaues Meer ohne Wellen, grelle Sonne und kein Schatten.

Und dann noch diese Ruhe. Der beste Freund war dabei. Sagte nichts. Lebte einfach mit. Nichts rührt sich. Nur die Schweißperle, die von der Stirn in sein linkes Auge rinnt. Sie löst im Auge ein Brennen aus. Er steht am Grab. Es hat aufgehört zu schneien. Die Trauernden sind bereits fort. Er ist zu spät gekommen. Für ihn ist es früh genug. Er ist nicht wegen der Trauernden gekommen, sondern wegen des besten Freundes. Er legt die Blumen ab. Zu den anderen Blumen. Ein üppig dekoriertes

Grab. Es müssen viele dagewesen sein. Der Freund war beliebt. Jeder mochte ihn. Er war auch nicht anstrengend. Hat sich nie aufgedrängt. Trotzdem war er allgegenwärtig. Eine seltene Gabe, die Menschen zu besten Freunden werden lassen.

Er sagt noch: "Danke, dass Du mein bester Freund gewesen bist." Er geht zurück zum Auto.
Erleichtert.
Traurig.

Nunmehr einsam.

Aus dem Leben einer Eintagsfliege

„Das Leben läuft ab im Zeitraffer,"
denkt sich die Eintagsfliege
und landet auf einem Blatt.

Die Sonne wärmt ihren zarten Leib
und tiefe Zufriedenheit erfüllt die Eintagsfliege.
„Ich hatte doch einen schönen Tag",
ist ihr letzter Gedanke.

Die neue Eieruhr

Es war nur noch eine Frage der Zeit. Und jetzt ist es soweit. Der Mülleimer öffnet sich scheppernd. Ein Nerv tötender Zeitmesser fliegt in hohem Bogen hinein. Erleichterung bei mir, während sich der Deckel des Mülleimers geräuschvoll schließt.
Stille.
Im Hintergrund ist mein Schnaufen zu hören.
Ich bin sauer. Warum eigentlich? Weil dieses Ding ...
Jetzt geht das schon wieder los. „Ruhig, Brauner", sage ich zu mir, „das Ding war doch nur eine Eier Uhr. Heute nennt man die Dinger Timer und die haben sogar Batteriebetrieb Früher bestand eine Eieruhr aus 2 Teilen, die in der Mitte gegeneinander gedreht wurden, um das Laufwerk aufzuziehen. Striche mit Minutenbedeutung wurden gegen einen Pfeil verdreht, bis die gewünschte Weck Zeit eingestellt war. Dass es da Toleranzen im Minutenbereich gab hatte man schnell herausgefunden, wenn das Vier-Minuten-Ei entweder zu glibberig oder zu hart gekocht war.

Aber man wusste mit dieser antiquierten Technik umzugehen. Wobei, Fluchen war damals auch schon an der Tagesordnung. Aber heute: Mensch, Meier! Knopfzellen betriebene Zeitmesser mit unendlich vielen Einstellmöglichkeiten: Die Uhrzeit, nicht nur zwölf, sondern auch 24 Stunden. Mit Stunden-, Minuten- und Sekundenzeiteinstellung. Als Stoppuhr, vorwärts und rückwärts zählend. Mit Jahres-, Monats- und Tagesangabe. Mit Mondphase und Außen- und Innentemperaturmessung.

Ach so, bei Bedarf auch als Zeitmesser zu benutzen. Bloß wie? Wie stelle ich so ein Ding ein. Die Tasten sind so klein, dass sie nur mit einer Nadel bedient werden können. Die Bedienungsanleitung ist in 15 Sprachen verfasst, wobei die deutsche Fassung grundsätzlich von einem Komiker vorgetragen werden sollte. Wozu nur? Aber eine Sache ist wirklicher Fortschritt. Die Rückseite des Dinges ist magnetisch. Damit kannst Du, sofern vorhanden, den Timer festmachen. Blöd nur, dass ich in der Küche keine adäquate Metalloberfläche finde. Bleibt das Helferlein eben irgendwo liegen. Muss dann nur bei Bedarf gesucht werden. Reagiert nämlich nicht, wenn man nach ihm pfeift. Diese Funktion ist nicht verbaut worden. So. Aktuell habe ich keinen Timer. Beim nächsten Eierkochen werde ich mich auf den Sekundenzähler meiner Armbanduhr verlassen müssen.

Tage später.

Ich bin glücklich. Ich habe den Timer gefunden, den ich zu finden nie und nimmer gedacht hätte. Ein sieben mal acht Zentimeter großes Kästchen, silbrig glänzend. Mit einer sechs mal drei Zentimeter großen Anzeige. Mit drei Zentimeter großen schwarzen, hervorragend abzulesenden Zahlen. Unter dem Bildschirm befinden sich drei schwarze, längliche, gummierte Tasten. Eine für die Eingabe der Minuten, die andere für die Eingabe der Sekunden und die dritte zum Starten bzw. Stoppen. Für ein Vier-Minuten-Ei drückst du die Minutentaste viermal. Dann betätigst du die Starttaste und los geht's. Nach vier Minuten piept es. Wer piept? Der Timer piept. Wer denn sonst. du drückst auf die Stopptaste und das Gerät schweigt. Es stellt sich anschließend wieder auf die vier Minuten ein. Um dir die Einstellarbeit fürs nächste Eierkochen abzunehmen. Wunderbarer Fortschritt! Ich werde fast närrisch vor Freude. Es gibt sie also doch noch. Die einfachen Dinge, die Dir wirklich weiterhelfen.

Schweiß gebadet verlasse ich die Küche auf der Suche nach weiteren Herausforderungen.

Die blaue Narbe

Blau.
Ein tiefes Blau.
Wie die Farbe des Ozeans bei wolkenlosem
Himmel.
Die Form erinnert an einen Blitz.
Ich sehe ihn im Spiegel über meinem linken
Auge.
Jeden Morgen sehe ich den blauen Blitz.
Den Blitz, der eine blaue Narbe ist.
Und erinnere mich an den Unfall an meinem
fünften Geburtstag. Eine Erzieherin hatte bei
dem Ausflug nicht aufgepasst. Der blaulackierte
Metallbügel eines Kettenkarussells flog mir an
den Kopf.
Ich war sofort ohnmächtig. Das nächste, was
ich sah, war ein weiß gestrichenes Zimmer, in
dem es nach Desinfektionsmitteln roch. Mein
Kopf war verbunden. Ich fürchtete mich und
wimmerte nach meiner Mutter.
Allein zu sein war mir immer ein Gräuel
gewesen. Die Angst nahm mir fast die Luft.
Mein Stöhnen kam von den Wänden zurück zu
mir. Erschöpft schlief ich irgendwann ein.

Eine brutale Krankenpflegerin weckte mich mitten in der Nacht: „Du hast ins Bett gepisst, du kleines Miststück. Machst mir nur Arbeit. Na warte", schrie sie, schlug mir mit der Faust auf die Brust und riss den Kopfverband herunter. Sie zeigte auf die blaue Narbe und höhnte:" Mit dieser Narbe wirst du für alle Zeiten gezeichnet bleiben." Dann bohrte sie einen Finger in die noch unverheilte Wunde, bis ein Sturzbach von Blut heraus geschossen kam. Lachend verließ sie das Zimmer. Ich weinte vor Schmerz und spürte unbändige Wut und aufkeimenden Hass. Im Licht des Badezimmers leuchtet das Blau der Narbe ganz schwach und hell. Die Narbe ist ein Teil meines Wesens geworden und leuchtend tiefblau, wenn ich den Zustand erreicht habe. Ich bin neunundzwanzig Jahre alt, mittelgroß und sehr muskulös. Meine blonden Haare trage ich kurz geschnitten und ohne Scheitel. Das runde Gesicht mit den hellbraunen Augen, den vollen Lippen und den leicht abstehenden Ohren wirkt offen und sympathisch. Es erweckt Vertrauen. Ich trage am liebsten weich besohlte Turnschuhe. Sie sind bequem sind und behindern mich nicht bei meinen Exkursionen.

Ich töte gerne.

Den Hass habe ich im Wohnzimmer meiner Mutter zum ersten Mal an unserem Wellensittich ausgelebt. Als ich dem zutraulichen Vogel den Kopf abriss, explodierten meine Sinne.

Ein bisher unbekanntes Gefühl erfasste mich. Ich spürte Wärme und Erregung, Ich vernahm Musik und roch würzige Aromen. Ein unbekanntes Glücksgefühl durchströmte meinen kleinen, fünfjährigen Körper. Ich schmiss den Vogelkadaver aus dem offenen Fenster. Für meine Mutter war er entflogen. Das Blut an meinen Fingern leckte ich ab und genoss den für mich neuen Geschmack. Dieser Geschmack von frischem Blut eines gerade gestorbenen Lebewesens war intensiv. Er verwirrte mich. Ich wollte mehr davon. Damals habe ich angefangen diesen Zustand zu genießen. Je älter ich wurde, desto langsamer und sorgfältiger bereitete ich die gefangenen Lebewesen vor. Meine Erregung sollte sich steigern. Es kam vor, dass ich abbrechen

musste. Erst nach Stunden konnte ich dann
weitermachen.

Der Höhepunkt war jedoch immer das Ablecken
der blutigen Finger, das Ablecken des tiefroten,
noch warmen Blutes von meinen Fingern. Das
war der Zustand, in dem mich Wärme, Musik,
und unbekannte Düfte überfluten und mich
völlig befriedigen.

Ich muss töten.

Nicht weil ich hasse. Nein. Weil ich mich
befriedigen muss. Ich habe die Lebewesen, die
ich auf meinen Exkursionen erlegt habe, nicht
gezählt. Es waren Tiere, Frauen, Männer und
Kinder. Ich habe einen Exkursionstag im Monat
festgelegt. Es ist immer der letzte Freitag im
Monat. Ich nenne ihn den Freitag der
Befriedigung. 24 Stunden vor diesem Tag der
Exkursion laure ich in meiner Wohnung wie ein
Raubtier in seinem Käfig. Sprungbereit.
Hungrig. Tötungsbesessen.

Mir ist nie in den Sinn gekommen, etwas
Unrechtes zu tun. Die Schreie der Opfer
werden leiser, wenn ich ihnen ihre Zungen
nehme.

Von dem, aus ihren Mündern spritzende, Blut nehme ich einen ersten erfrischenden Schluck. Nie zu viel, denn der Zustand darf nicht sofort eintreten. Der von mir angestrebte und so lieb gewordene Zustand muss hinausgezögert werden. Bis die Spannung unerträglich geworden ist und die Narbe tiefblau geworden ist.

Der Raum in dem ich jetzt leben muss ist weiß gestrichen. Ich bin auf einem weißen Bett festgeschnallt. Alles an mir ist weiß. Auch die Ledermaske, die ich tragen muss, nachdem ich den Krankenpfleger angefallen habe.

Das Blut aus seiner Halsschlagader versetzte mich in den Zustand. Merkwürdig. Denn er war gar nicht tot.

Die Fixierung an das Bett ist noch sehr stark. Aber nicht stark genug. Auf der linken Seite kann ich meinen Arm schon fast herausziehen. Die Zeit bis zur Arztvisite reicht noch aus um mich vorzubereiten. Noch ist die Narbe hellblau. Aber morgen ist der letzte Freitag des Monats.

Die Sanduhr

Es war einmal eine Sanduhr, die hatte noch
Zeit. Zeit zu gähnen und sich an die Diskussion
zu erinnern. Die Diskussion, die ihre Einzelteile
einst miteinander geführt hatten.
Die Hölzer brüsteten sich: "Wir sind von edler
Abstammung. Geschaffen aus einem im
neunzehnten Jahrhundert nach Europa
exportierten japanischen Kirschbaum.
Wir haben Schiffe und Ozeane gesehen. In
einer kleinen Tischlerei sägten uns
fachkundige sensible Hände in unsere jetzige
Form, wir wurden gedrechselt, gebeizt und
lackiert. Wenn wir nicht wären, hätte das Ganze
weder Halt noch Schönheit."
Die Metallringe dröhnten: „Wir wissen nicht
woher wir stammen. Man hat uns aus einem
Eisenrohr geschnitten. An den Enden
glattgeschliffen und poliert. Wir halten das Glas
an Kopf und Boden fest. Wenn wir nicht wären,
würde das Glas ganz schön wackeln. Ho, ho,
ho."
Die Schrauben redeten wie immer alle
durcheinander, bis sie sich endlich auf einen

Kanon abgestimmt hatten:

„Schraub, schraub, schraub.

Das Holz muss an den Ring.

Ring, Ring, Ring.

Und fest ist dieses Ding.

Noch ein Stab und noch ein Ring.

Und noch ein Stab und fest das Ding.

Drei Stäbe und zwei Ringe.

Ein Werk, das wohl gelinge.

In der Mitte thront das Glas.

Mit Sand darin, das ist doch was.

Wenn wir nicht wären, wir tollen Schrauben, könntet ihr die Einzelteile vom Erdboden klauben".

Der Sand säuselte wie immer hoheitsvoll: "Wenn ich nicht wäre, würde der gesamte Apparat nicht funktionieren! Ich bin am wichtigsten. Aber lassen wir das. Als ich noch unter der heißen Sonne in der Sahara lag und mich rundum wohlfühlte, konnte ich den ganzen Tag den Himmel beobachten. Wenn die Sonne langsam aufging, die Mittagshitze für alle anderen unerträglich wurde, die Sonne wieder unterging und der Sternenhimmel funkelte. So unendlich viele Sterne, wie meine Brüder und

Schwestern, die Sandkörner. Ich war dann immer sehr stolz, dass Sterne und Sandkörner in ihrer Anzahl ebenbürtig sind. Ich hätte nie gedacht, dass ich eines Tages arbeiten müsste. Mein Unglück geschah an dem Tag, als einige Menschen uns Sandkörner in riesige Tonnen schütteten. Plötzlich wurde es dunkel, aber nicht so wie sonst. Wir konnten keinen Sternenhimmel sehen. Es war stockdunkel und unheimlich. Wir Sandkörner drückten uns ganz fest aneinander und sprachen uns Mut zu. Mit einem Schlag wurde es dann wieder hell. Wir waren in einer riesigen, lärmerfüllten Halle. Wir sahen Maschinen und Rohre. Menschen liefen hektisch durcheinander. Wir wurden unsanft aus den Tonnen geschüttet, gewaschen, getrocknet und noch einmal gewaschen und wieder getrocknet. Dann transportierte uns, die wir alle fix und fertig waren, ein langes Fließband zu einer Maschine. Als wir die verließen, waren wir in diesem Glaskörper gefangen. Wir konnten die Welt nur noch durch die Scheibe sehen. Und ewig werden wir gedreht, um durch dieses kleine Loch zu rieseln, tagein, tagaus. Furchtbar diese Arbeit.

Wären wir doch bloß wieder in unserer Heimat."
Der Glaskörper meinte zurückhaltend und
zerbrechlich: „Es muss einen wie mich geben,
weil sonst die Aufgabe nicht erfüllt werden
kann. Ich soll die Zeit anzeigen. Dafür musste
ich immer hungern, bis ich diese Wespentaille
hatte. Ich muss meine Taille halten, weil ich
sonst ungenau werde. Gehe ich auseinander,
vergeht die Zeit zu schnell. Werde ich
schlanker, vergeht die Zeit gar nicht. Ach, ich
muss ununterbrochen auf mich aufpassen.
Aber wenn ich nicht wäre, würde der Sand vom
Wind wieder nach Afrika geweht werden."
Die Sanduhr war eingeschlafen und träumte,
wie sie glücklich und zufrieden ihrer Aufgabe
nachging: Genau die Zeit anzuzeigen, die der
Mensch vergehen lassen möchte.
Ein sandiges Rinnsal zwängt sich durch die
winzige Öffnung eines in der Mitte zusammen
geschnürten Glaskörpers und lässt auf dessen
Boden einen kleinen Hügel entstehen. Winzige
Körner rollen an seinem Abhang herab und
siedeln sich unten an. Der Hügel wächst
solange, bis kein Sandkorn mehr herabfällt.
Dann ist die Zeit abgelaufen.

Ehrliche Geschäfte

Unterschreib' endlich, denke ich und deute mit meinem rechten Zeigefinger auf das Formular. Die Alte scheint irgendwie durch den Wind zu sein. Endlich bewegt sich der Stift in ihrer zitternden Hand. Auch eine verwackelte Unterschrift ist eine Unterschrift.
Heute Nachmittag werden noch 60.000 Euro auf mein Konto wandern. Lächelnd ziehe ich ihr das Blatt weg. „Ist jetzt alles so, wie Sie es brauchen, Herr Müller?" fragt Antonie Krautwein. „Ja, gnädige Frau. Das haben sie sehr gut gemacht. Ich werde sofort alles Weitere veranlassen. So, wie wir es besprochen haben." Ich lege die Urkunde in den Ordner und verstaue ihn in meiner Aktentasche. Ich kann ein Lachen nur mühsam unterdrücken.
Hoffentlich hat die schwerhörige 82jährige das nicht mitbekommen. Nein, hat sie nicht.
Glück gehabt. Dieser Tag ist noch nicht zu Ende. Ich muss jetzt wirklich weiter und möchte nicht unhöflich sein. „Wann wird denn die Rückzahlung dieses Mal erfolgen, Herr Müller?"

fragt Antonie. „Wie beim letzten Mal, Frau Krautwein. In drei Tagen haben Sie 120.000 Euro auf Ihrem Konto", antworte ich. Der Lachreiz kommt wieder und ich muss hier raus. Dieses Mal wird gar nichts überwiesen, du dämliche alte Schachtel. Dieses Mal ist Zahltag für mich. Mit diesem Gedanken verabschiede ich mich von ihr und bin schon im Treppenhaus. Ich laufe zu meinem Porsche und träume von der Karibikreise, auf die ich schon 10.000 Euro angezahlt habe. Ich werde in Kürze für drei Wochen wie Gott in Frankreich leben. Herrlich, ich spüre schon den Sand und die Sonne auf der Haut. Ich schmecke die würzigen Cocktails und rieche den Duft einer handgerollten Havanna. Der Porsche schnellt aus der Parklücke. Zehn Minuten später bin ich bei Helene Lill. Sie ist 85 und unterschreibt mir den Wisch ohne Widerrede. Allerdings ist die Summe etwas höher. Glatte 100.000 Euro. Was für ein Tag! Halleluja.

Zwei Stunden später habe ich die Banken der beiden Damen aufgesucht und die Überweisungen erledigt. Im Café Baier zeigt mir mein Laptop den Kontozuwachs von 160.000

Euro. Ich lehne mich zufrieden zurück, nippe am Espresso und bestelle mir zur Feier des Tages einen Gin Tonic. Die blonde Kellnerin serviert mir den Drink und die Tageszeitung. Ich will noch etwas arbeiten und schlage die Seite mit den Todesanzeigen auf. Mal sehen, welcher alte Sack gestorben ist. Da, diese Todesanzeige könnte passen.
Karl Hieronymus ist im Alter von 91 Jahren von uns gegangen. Die trauernde Witwe heißt Hermine und wohnt unweit von hier. Die Beisetzung ist zwei Tagen. Ich notiere den Termin und werde auf dem Friedhof die Lage sondieren. So mache ich das nun schon seit drei Jahren. Es klappt immer wie am Schnürchen. Ich nehme die alten Tanten nach Strich und Faden aus. Es ist so einfach. Sie haben keinen Menschen mehr. Sind am Anfang zwar immer äußerst misstrauisch. Aber mit meinem galanten Auftreten und Charme gewinne ich schnell ihr Vertrauen. Später erzähle ich ihnen etwas von meiner momentanen Geldknappheit, die mir leider eine totsichere Geldanlage verbietet. Was würde ich geben, wenn mir jemand Kredit gewähren

könnte. Die traumhafte Rendite würde auch für zwei reichen. Und schon habe ich sie, die geldgierigen Greisinnen. Sie fragen scheinheilig, ob sie mir nicht helfen dürften. Am Anfang sind es nur kleine Beträge. Ich nehme 500 Euro und bringe Ihnen nach zwei Tagen 1000 Euro. Die Beträge wachsen dann mit dem Grad ihrer Gier. Ich höre erst auf, wenn ich alles habe. Skrupel sind mir fremd, da sie meine Arbeit nur behindern würden.

Die Frau am Nebentisch sieht schon wieder zu mir herüber. Sie sieht gut aus. Ist aber erst um die vierzig. Zu jung für meine Begriffe.
Hat sie gerade geblinzelt? Ja. Sie nickt mir zu, kommt an meinem Tisch und fragt:
"Entschuldigen sie bitte, dass ich sie bei Ihrer Zeitungslektüre störe. Das ist sonst nicht meine Art, Männer einfach so anzusprechen. Aber Sie haben eine große Ähnlichkeit mit meinem Vater, als der in Ihrem Alter gewesen ist."
„Das ist ja sehr interessant. Aber setzen sie sich doch bitte. Gestatten sie, dass ich mich vorstelle: Müller, Gottfried Müller. Lassen sie uns etwas über Ihren Herrn Papa plaudern",

antworte ich. Sie setzt sich auf den Stuhl gegenüber, ohne sich vorzustellen und bemerkt:" Vielen Dank, aber mein Vater ist schon vor über zwanzig Jahren gestorben. Ich habe nur noch meine 82jährige Mutter. Sie lebt sehr zurückgezogen und wir sehen uns nur noch an den Festtagen. Sie möchte es so." Bei der Altersangabe bin ich hellwach. Das sollte ich genauer recherchieren. „Was macht Ihre Frau Mutter denn so den ganzen Tag. Allein auf sich gestellt zu sein ist mit 82 ja bestimmt kein Zuckerschlecken, oder?" Sie blickt mich reglos an und antwortet kalt: „Sie wartet auf Halunken, die sie um ihr Vermögen bringen." Mein Puls beschleunigt sich. Gleichzeitig spüre ich, wie sich etwas Kaltes und sehr Hartes mit Gewalt zwischen meine Beine presst.

Ein Schmerzensschrei möchte über meine Lippen. Ich kann ihn kaum unterdrücken. Tränen laufen mir über die Wangen und die Frau sagt:" Das, was du da spürst, ist eine 44er Magnum mit neun Schuss. Ich schieße dir alle neun in deine gottverdammten Eier, wenn du jetzt nicht tust, was ich dir sage. Haben wir uns verstanden?" Schweiß und Tränen laufen mir

über das Gesicht. Ich nicke und zische ihr zu:
„Was wollen sie von mir?"

„Ich heiße Valerie Krautwein. Kennst du
Antonie Krautwein?"

Ich nicke erneut und sage: „Ja."

„Na siehst du. Dann haben wir beide schon
einmal etwas gemeinsam." Sie grinst hämisch
und ihr Blick ist noch teuflischer als zuvor. Wie
passt das zusammen? So attraktiv und
gleichzeitig so bösartig? Hat sie mich verfolgt?
Ich habe es nicht bemerkt und bin in diese Falle
getappt.

„Du wirst jetzt deinen Computer einschalten
und eine Online-Überweisung vornehmen",
flüstert sie und schiebt einen Zettel mit der
Kontoverbindung über den Tisch. „Wie viel?"
frage ich sie. „Wie viel ist denn drauf?" kommt
es zurück und der Druck unter dem Tisch
nimmt noch einmal zu.

Ich stöhne auf.

Keiner in dem Café hat bisher etwas bemerkt.
„310.000 Euro." „Gut, dann 309.500."

Ich will protestieren. Das metallische Klicken
unter dem Tisch hält mich davon ab. Ich gebe
die Daten ein und drücke die Enter-Taste.

Das Geld verschwindet von meinem Konto.

Sie steht langsam auf. Die Jacke liegt über
ihrem Arm und verdeckt die Pistole.
Ihre Abschiedsworte brennen sich in mein
Gehirn: „Lass dich nicht noch einmal beim
Auswerten von Todesanzeigen erwischen.
Du Dilettant.“

Aus dem Leben einer Pappnase

Am Tag nach Aschermittwoch hing die rote Pappnase an ihrem Lieblingsplatz am Haken. Ihr ausgeleiertes Gummiband war durch dicke Knoten in zwei seitlichen Löchern fixiert. Wie oft waren diese Knoten schon aufgegangen und hatten dazu geführt, dass die Nase plötzlich im Gesicht des Trägers baumelte. Was jeweils von einem Riesengelächter begleitet wurde. Je nach Alkoholpegel ging dann die Neuverknotung schnell oder kaum noch vonstatten. Die Pappe war mittlerweile rissig, an einigen Stellen sogar farblos. Eine regelrechte Veteranennase. Ihr momentaner Besitzer hielt sie in Ehren, da sie vom Großvater gekauft worden war und sein Vater die eigene Nase hineingesteckt hatte. Eines Tages würde dann der Sohn diese Pappnase erben und sie stolz in vierter Generation durch die fünfte Jahreszeit tragen.

Mancher Schnupfen hatte für eine weiche Pappnase gesorgt. Einmal wurde sie deshalb im Backofen getrocknet. Allerdings mit dem Ergebnis, dass die Pappe schrumpfte und einen langen Riss bekam. Aber kein Problem. Mit Pappmaché und Klebstoff wurde repariert und der Defekt war verschwunden.

Im Laufe der Jahre hatte sich durch die jeweiligen Träger und die äußeren Umstände ein eigner Mikrokosmos in der Pappnase entwickelt. Die Pappnase war innen voller Leben. Ihr merkwürdig strenger Geruch wurde daher bemängelt. Die Wahrnehmung dieser Ausdünstung war jedoch vom Promillegehalt abhängig. Je mehr Alkohol der Träger genossen hatte, desto weniger wurden die Ausdünstungen registriert. Übel wurde dem Träger regelmäßig dann von anderen Genüssen. Wie sie nun also an ihrem Haken an der Wand im Wind schaukelte, dachte die Pappnase an Ruhe und die Möglichkeit auszulüften. Erst im November würde sie wieder vom Haken gerissen werden und ihrem aufreibenden Job nachgehen müssen. Zeit genug sich auszuruhen und vom Karneval zu träumen.

Auf der Suche nach der Zukunft

„Einmal München Hauptbahnhof, bitte."
„Möchten sie erster oder zweiter Klasse reisen?
Oder vielleicht auch im Schlafwagen?" fragt die
Bahnangestellte über den Tresen des
Bahnschalters am Berliner Hauptbahnhof. Ihm
ist das egal. Nur weg aus Berlin.
Nach München. Dann weiter nach Italien. Am
besten ans Ende der Welt. Weg von allem und
von allen. „Zweiter Klasse reicht. Wird eh nicht
viel los sein, um diese Zeit", antwortet er und
steckt seine Fahrkarte ins Jackett.
Der Zug kommt. Er steigt ein. Wie vermutet, ist
das Abteil leer. Die Menschen feiern
Weihnachten. Um diese Zeit fährt keiner mit
dem Zug. Nur er. Er fährt Zug. Weil er wegwill.
Weit weg. Er hat mit allem gebrochen.
Er sucht den Neuanfang.

Der Zug setzt sich in Bewegung. Das Abteil ist
gut beheizt. Ihm fallen schon bald die Augen
zu. Er träumt von den vergangenen Stunden.
Von der unsäglichen Weihnachtsfeier, seinen
unzufriedenen Eltern, seiner ewig jammernden

Freundin. Nichts konnte er ihnen und ihr jemals recht machen. Immer gab es etwas zu nörgeln. Dass ihm erst heute der Geduldsfaden gerissen ist, erscheint ihm im Traum wie ein Wunder.

Er wird wach. Er reibt sich die Augen. Es sind drei Stunden vergangen. Er fühlt sich frisch und erholt. Erstaunlich. Aber gut. Jetzt ein Bier. Er geht zum Speisewagen. Eine freundliche Bedienung wünscht ihm ein frohes Fest, als sie das Bier serviert. Er bedankt sich und erwidert die Wünsche.

Er sieht hinaus in die Nacht. Der ICE rast dahin. Schnell, sehr schnell. Vereinzelte Lichter von vorbeifliegenden Ortschaften erinnern an das Blitzlicht einer Kamera. Er lehnt sich zurück und denkt, dass er sich lange nicht mehr so zufrieden gefühlt hat.

Drei Tische weiter sitzt eine Frau und starrt zu ihm herüber. Das verwirrt ihn. „Was soll das?" fragt er sich unsicher. „Wo soll ich hinsehen?" Die Frau starrt weiter in seine Richtung. Er trinkt sein Bier aus. „Was soll ich jetzt machen?" Die Frage beantwortet er sich, indem er noch ein Bier bestellt. Eine kribbelnde Spannung steigt in ihm hoch, wie es weitergehen wird. Vielleicht wird das noch ein interessanter Abend.

Die Frau steht auf, kommt zu ihm und fragt: „Entschuldigen sie bitte, dass ich sie so einfach anspreche. Ich sehe, dass sie ebenfalls alleine hier sind. Ich muss unbedingt mit jemandem reden. Darf ich mich zu ihnen setzen?" Er ist verwirrt und merkt, wie er rot wird. Er antwortet mit trockenem Mund und kaum vernehmbar: „Bitte schön."
Sie setzt sich ihm direkt gegenüber. Er sieht sie sich genauer an. Er schätzt sie auf Mitte Dreißig und nicht größer als eins siebzig. Schlank. Vierziger oder zwei und vierziger Figur. Mittellange, blondierte Haare. Die Farbe ihres Haares hat die Farbe eines reifen Weizenfeldes. Ein ovales Gesicht. Nase und Mund in Kombination mit den Ohren alles sehr harmonisch und stimmig. Eine gut aussehende Frau. Sehr dezent aber gekonnt geschminkt. Der Duft ihres Parfums. Ein sehr angenehmer

Duft. Er beugt sich vor. Dichter zu ihr hin. „Darf ich ihnen etwas zu trinken bestellen?" fragt er. Sie nickt. „Vielleicht ein Glas Chianti?" „Ja, warum nicht", antwortet sie

Das Glas Rotwein wird serviert. Sie stoßen an. Ihr Blick ist auf ihn gerichtet. Er kann nicht ausweichen. Er will auch nicht mehr ausweichen. Ihre Augen haben eine grünliche Farbe. Er liebt grün. Weihnachten bekommt einen neuen Sinn für ihn. Sein Herzschlag erhöht sich.

Sie fragt mit angenehm weicher Stimme: "Fliehen sie?" „Ja und sie?" „Ich auch. Ich konnte nicht mehr", antwortet sie. „Ist das nicht kurios. Zwei Fliehende aus Berlin gemeinsam in einem Zug nach München um Mitternacht", fragt er. Sie nickt mit Tränen in den Augen. „Warum weinen sie?" Sie reicht ihm wortlos ein Telegramm, das sie aus ihrer Handtasche gefingert hat. Er liest: „Liebe Bettina. Ich komme nicht mehr zu dir zurück. Stopp. Ich habe in Sidney geheiratet. Lebe wohl. Rolf."

Rolf scheint einmal eine bedeutende Rolle in ihrem Leben gespielt zu haben, denkt er, ohne sie jedoch zu fragen. Er hält weitere Fragen für überflüssig und sagt: „Ich habe in Berlin meine Vergangenheit abgeschlossen und überlege, von München weiter bis an das südliche Ende Italiens zu fahren. Ich suche meine Zukunft."

„Was für eine Zukunft stellen sie sich vor", möchte sie wissen.
„Eine spannende, weil ungewisse Zukunft. Fremd am Anfang. Wild in der Entwicklung und Freude spendend im Abklingen". Er ist überrascht von seiner Wortwahl.

„Wir kennen uns nicht. Aber wenn sie nichts dagegen haben, würde ich sie gerne bis zum südlichen Ende Italiens begleiten. Vielleicht kann ich an ihrer Suche teilhaben", flüstert sie ihm zu.

Er weicht ihrem Blick in dieser Nacht nicht mehr aus.
Schlaflos erreichen sie München, um weiter zum südlichen Ende Italiens aufzubrechen.
Auf der Suche nach der Zukunft.

Ihrer gemeinsamen Zukunft?

Besuch im Jenseits

Ich werde von einem durchdringenden,
modrigen Geruch geweckt, dem sich meine
Nase nicht länger entziehen kann. Ich versuche
mich zur Seite zu drehen. Was mir schwerfällt,
wegen der Enge und der Schmerzen in meiner
Brust. Es ist kalt und stockdunkel.
Dazu noch diese Grabesstille. Eine Stille, die
ich mir im Urlaub immer wünsche. Das hier ist
jedoch kein Urlaub.
Ich spüre, wie die Angst langsam in mir
hochkriecht.
Meine Haut ist nur noch Gänsehaut.
Wann kommt die erste Panikattacke? Schweiß
bildet sich trotz der Kälte auf meiner Stirn.
Ich tauche in mich ein und versuche mich zu
beruhigen. Aber es gelingt mir nicht.
Ich schreie in das unendlich wirkende Dunkel.
Der Schrei verhallt.
Ich bin in einem großen Raum.
Oder ist das hier etwa ein Gewölbe?
Ich befrage meine Erinnerungen.
Was ist geschehen, bevor ich wach wurde?

Aus dem Gedankennebel taucht das Gesicht der Chirurgin auf.

Ihr Gesicht ist von Blutmalen entstellt. Sie versucht zu grinsen.

Das entstellt ihr Gesicht noch mehr.

Ihre Stimme ist durchdringend schrill.

Sie spricht: „Der Meister hat mich gerufen, um dich für eine Todsünde büßen zu lassen."

Was für eine Todsünde, schießt es mir durch den Kopf. Ich bin mir keiner Schuld bewusst.

„Dein Schwesternmord ist nicht vergessen. Ich werde dir dein Herz herausoperieren, damit Du ihr in den Totengrund folgen kannst," sagt sie noch.

Ich kann mir daraus keinen Reim machen und weiß nur, dass meine Schwester nach einem Badeunfall Scheintod gewesen ist.

Das war spektakulär und hat in der Zeitung gestanden. Wie sie Tage später in dem Kühlraum des Bestatters um Hilfe gerufen hatte. Wir waren alle froh über die Kehrtwende des Schicksals.

Und nun das.

Die Chirurgin kommt mit dem Skalpell auf mich zu und reißt mir das Hemd über der Brust auf.

Ich spüre, wie der Stahl in mein Fleisch
eindringt. Es verletzt und durchtrennt.
Immer tiefer. Ich bin wehrlos.
Der Schmerz wird unerträglich. Ich rieche das
warme, aus meinem Körper schießende Blut.
Es sind Flüsse von Blut.

Ich werde schwächer.

Ich fühle nichts mehr.

Wo bin ich?

Der Ort, an dem ich erwache, ist eine
Grabkammer.

Sich stellen

"Wie froh bin ich, dass ich weg bin!" schoss es Peter durch den Kopf, als er seine in die Jahre gekommene VESPA Grand Sport startete.
Der Motorroller kam wie immer nur sehr zögerlich auf Touren. An der nächsten Ecke lief sie dann doch erfreulich rund und Peter war glücklich.

Karola hatte noch ausrufen können: „Wo willst du hin? Lass uns das endlich einmal zu Ende diskutieren, du Arsch." Aber da hatte Peter schon Rucksack und Helm in den Händen, die Tür zugeknallt und drei Stufen auf einmal in Richtung Freiheit genommen. Nur weg von Karola und ihrem unerträglichen Gezeter.

Der Wind zottelte an ihm. Die Landstraße lag vor ihm. Schwarz, wie ein platt gewalzter Streifen aus Lakritze. Mit weißen Bändern, links und rechts. Und in der Mitte ein stotterndes, weißes Band.

„Was soll jetzt passieren?" überlegte Peter und

trommelte während der Fahrt mit seinen Fingern auf den Griffen. Das Gefühl war ihm nicht unbekannt. Er war schon öfter weggerannt, wenn es eng wurde. Es kam ihm zwar nie wie eine Flucht vor.
In den Augen der anderen musste es aber so wirken.

Was war geschehen?

Peter und Karola waren seit gut einem Jahr ein Paar.
Durch Zufall hatten sie sich in einem McDonalds kennen gelernt. Als Peter Karola das Tagesmenu in den Schoss kippte. Er wollte das nicht. Es passierte wegen seiner etwas linkischen Art sich zu bewegen. Seine Bewegungen waren noch nie flüssig gewesen. Immer irgendwie eckig. Roboterhaft. Mechanisch. Wie sein Denken.
Na ja, auf jeden Fall musste Karola lachen, wie er da mit seinem Tablett ins Stolpern kam. Peter entschuldigte sich schwitzend mit tiefrotem Gesicht bei Karola und lud sie zum Kaffee ein. Anschließend quatschten sie sich

über Stunden fest. Sie waren sich auf Anhieb sympathisch. Eine Verabredung folgte der nächsten. Sie konnten es gar nicht abwarten, sich wieder zu sehen. Es folgte eine aufregende Zeit.

Peter studierte im siebten Semester BWL. Er wusste nicht so recht, was er damit einmal anfangen sollte. Seine Interessenlage war immer noch ziemlich unklar. Da sein Vater aber ebenfalls diesen Studiengang gewählt hatte, wurde er von ihm ausreichend finanziell unterstützt. Peter sagte sich, dass der Zweck in diesem Fall eben die Mittel heiligen müsse und machte weiter. Aber eben nur lustlos.

Karola hingegen war politisch interessiert und sehr aktiv bei den Grünen.

Sie hatte nach dem Abitur ein Studium abgelehnt, weil ihr die Unabhängigkeit durch ein eigenes Einkommen wichtiger war. Nach dem Praktikum bei einer Bio-Ladenkette lernte sie Einzelhandelskauffrau und wurde wegen Geist und Ehrgeiz bereits mit fünfundzwanzig Jahren Filialleiterin. Peter war erst zweiundzwanzig und noch nicht so erwachsen wie Karola. Aber er himmelte sie an, was sie toll fand.

War das Liebe zwischen ihnen?

Er war sich nicht sicher. Vielleicht scheute er den Gedanken daran, Verantwortung für eine enge Beziehung zu übernehmen. Wenn er daran dachte, bekam er Atemnot und Herzrasen. Karola war da wesentlich entspannter und bekannte sich zu ihren Gefühlen. Sie war da sehr strukturiert und wusste was sie wollte. Sie hatten darüber gestritten, ob man ziellos durchs Leben gehen kann oder nicht. Für Karola war Peters Standpunkt nicht nachvollziehbar. Er wollte alles auf sich zukommen lassen. Bloß keine Initiative entwickeln. „Es kommt, wie es kommt", war sein Motto. Karola hätte darüber verzweifeln wollen. „Du musst Dich doch auch einmal Deiner Verantwortung stellen," warf sie ihm erregt vor, „wissen, was Du willst. Was willst Du einmal beruflich machen? Und was wollen wir einmal aus unserer Beziehung machen?"

Bevor es eskalierte ging Peter weg.

Der Streit ging ihm nicht aus dem Kopf und

verursachte Schmerzen, als er an einem Landgasthof anhielt. Eine Pause war fällig. Ein Kaffee musste jetzt her. Er sollte Peters Kopfschmerzen vertreiben.

Die Gaststube war leer. Nur Peter und eine Kellnerin, nicht älter als fünfunddreißig. „Guten Tag, junger Mann. Was darf's denn sein?" begrüßte sie ihn mit warm klingender Stimme. „Einen doppelten Espresso, bitte. Und haben Sie auch Kuchen?" - „Leider nicht. Ich kann Ihnen nur Kaffee anbieten. Entweder als Kännchen oder als Tasse. Dafür haben wir aber einen ausgezeichneten, selbst gebackenen Apfelkuchen. Er ist von heute. Ganz frisch und lecker. Der wird Ihnen sicher schmecken." - 'OK. Dann nehme ich ein Kännchen Kaffee und Ihren Apfelkuchen." - „Sehr wohl, der Herr. Kommt sofort." „Netter Laden." Dachte sich Peter. 'Und eine so nette Kellnerin." Er kam mit ihr ins Gespräch. „Das war früher einmal ein sehr beliebter Ausflugsort für die Berliner;" erzählte sie ihm, „aber seit der Wende ist immer weniger los. Unser Chef entwickelt auch keinen Ehrgeiz mehr, etwas gegen diese Agonie zu unternehmen. Er würde eher verkaufen, als noch einmal Geld in die Hand zu nehmen. Ich hätte schon Ideen, mit welch' frischem Wind die Gaststube gelüftet werden könnte, damit wieder Gäste kommen. Außerdem habe ich einen Spitzenkoch an der Hand. Aber mir fehlt einfach das Kapital. Leider."

In Peter rührte sich etwas. Er sah sich plötzlich als Wirt eines Dorfgasthofs. Das war aufregend. Ergab nicht plötzlich alles einen Sinn? Das langweilige Studium abzubrechen, den Vater um ein Darlehen zu bitten, den Gasthof zu pachten. Endlich eine Herausforderung anzunehmen, Spaß zu haben und Anerkennung für seine Leistung zu erhalten. Er ließ sich von der Kellnerin die Telefonnummer des Eigentümers geben, bezahlte seine Rechnung und fuhr zurück nach Berlin.

Sein Herz schlug bis zum Hals, als Karola die Tür öffnete.

Sie blickte ihn überrascht an, als er sagte:

"Möchtest du den Wirt eines Dorfgasthofs kennen lernen?"

Karola lachte, denn jetzt war ihr klar, dass Peter sich stellen würde.

Illusionen

Die Sonne brannte ihm unbarmherzig in das Gesicht.

Der Regen prasselte ihm peitschend in das Gesicht.

Es war ihm nicht klar, wie er in diese Situation kommen konnte.

Ihm wurde schlagartig klar, warum er In diese Situation geraten war.

Er stöhnte laut auf, als er sich vom Boden erhob. Sein Rücken war durch die Peitschenhiebe blutig und von Striemen übersät. Das Hemd hing in Fetzen herunter. Die Schmerzen waren unbeschreiblich.

Er pfiff fröhlich durch die Zähne, als er sich auf die Bank setzte. Sein durchtrainierter Körper war braun gebrannt. Das Hemd spannte sich über der starken

Brustmuskulatur. Wohlgefühl machte sich breit.

Gestern hatte ihn dieser Anruf aus dem Schlaf gerissen.

Morgen würde er hellwach zu dem Treffen gehen.

Die unsympathische Stimme des Gutsbesitzers ließ ihn erschaudern.

Das sanfte Gurren ihrer Stimme am Telefon ließ ihn erzittern.

Der Gutsbesitzer erinnerte ihn an sein Versprechen. Das Versprechen, das er nicht eingehalten hatte. 　　　　　.

Er erinnerte sie an ihre Zusage. Ihre Zusage, die er morgen einlösen würde.

Die 100.000,- € waren nicht zu dem vereinbarten Zeitpunkt von ihm zurückgezahlt worden. Er hatte sich lieber verdrückt. 　　.

Die Unterlagen für die Reise nach den Bahamas würde er ihr persönlich übergeben. So hatten sie es vereinbart.

Sie hatten ihn jedoch schnell gefunden. Das Auspeitschen war nur das Vorspiel.

Das Ende würde nicht mehr lange auf sich warten lassen.

Er wusste, wo er sie finden würde. Sich diese Begegnung auszumalen, war ein Vergnügen, das er genoss. Sie hatten sich vorher noch nie gesehen.

Der Beton wurde vor seinen Augen angerührt und in die kastenförmige Schüssel geschüttet.

Er nahm die Unterlagen noch einmal in die Hand, um die Flugdaten zu studieren.

Der Beton in der Schüssel mit seinen Füssen wurde schnell hart. Sein Blick ging hinaus.

Er sah sich mit ihr an einem weißen, feinkörnigen, wunderbaren Sandstrand auf den Bahamas.

Hinaus aus der Lagerhalle auf den Kanal.
Der Kanal war tief.

Er gab sich der Illusion hin, dass sie
mitkommen würde.

So tief, dass seine Idee, davonzukommen, sich
als Illusion herausstellen würde.

Mit ihm, dem Einbeinigen, dafür aber
Durchtrainierten. Der Einbeinige hatte seine
Prothese angelegt und bewegte sich leicht
hinkend in Richtung einer Kanalbrücke. In
der Dämmerung bemerkte er, wie zwei
Gestalten eine dritte, die einen unförmigen
Kasten an den Beinen hatte, in den Kanal
warfen. Es platschte laut. Der Dritte war
sofort verschwunden.

Theo die Gans

Die Gans muss sterben!

Das Messer ist gewetzt und liegt auf dem Küchentisch. Der Inhalt der Flasche „Enrique Mendoza Petit Verdolt 2010" hat seinen Aufenthaltsort gewechselt. Aus der Flasche zu Papa. Die Wirkung setzt zwar nach und nach ein. Der erhoffte Stimmungsumschwung ist jedoch bisher nicht eingetreten. Das Zittern der Hände ist immer noch da und der Schweiß auf der Stirn vermehrt sich weiter ungebremst.

Die Gans steht am Küchentisch. Ihr Blick ist auf ihren Ernährer gerichtet. Unschuldig und abwartend, aber auch neugierig. „Was ist nur mit ihm los?", scheint sie sich zu fragen.

Er denkt an den Bauernmarkt, auf dem sie vor Monaten mit den Kindern waren.
Die Küken waren alle so niedlich. Die Kinder mochten sich nicht trennen.
„Wir möchten ein Küken. Wir möchten ein Küken. Ach, bitte, bitte, Papa, Mama. Wir

möchten ein Küken", bettelten sie. Ihr gerade bezogenes Haus außerhalb Berlins mit dem großen Garten lud regelrecht dazu ein, Tiere anzusiedeln. Also sagten Papa und Mama ja.

Nun sitzt er da. Einsam, allein gelassen. Weder Kinder, noch Frau sind anwesend. Nur er und Theo. Theo, die Gans. Sie ist zwar ein Mädel, aber man hat sich nach langen, internen Diskussionen auf Theo geeinigt. Es hört sich auch irgendwie lustiger an:
Theo die Gans.

„Wenn sich Theo doch bloß auf der Stelle totlachen könnte" überlegt der Ernährer und starrt die Gans an. Theo starrt zurück.
Die Aufgabe ist klar. In zwei Tagen ist Weihnachten und ein Gänsebraten hat Tradition in ihrem Hause. Seit Generationen. „Ich breche mit der Tradition. Verdammt noch mal!", denkt Papa, „ich bringe es nicht übers Herz, Theo hinzurichten."

Theo war schon als Küken anders als die anderen Küken. Viel lebhafter und vor allem schlauer. Sie beobachtete ihre Menschen und fing bald an sie zu verblüffen. Ihre Familie war begeistert und fühlte sich bestens unterhalten. Theo konnte die Hausschuhe ihren Besitzern zuordnen und für sie herbeischleppen. Abends saß sie in einem extra für sie angeschafften Korb neben der Couch und guckte fern. Im Garten war sie als Wache unterwegs und machte einen wahnsinnigen Lärm, wenn fremde Leute sich dem Zaun näherten. Bei Tisch ließ sie sich gerne füttern. Sie legte dann ihren Kopf auf links und blinzelte mit dem rechten Auge. Alles brüllte vor Lachen und gab ihr etwas zu futtern. Das war ja auch zu putzig. Mama vermutete, dass Theo im früheren Leben Zirkusclown gewesen sein könnte.

So wurde Theo kräftiger und schließlich richtig schön fett.

Drei Wochen vor Weihnachten sagte Mama zu Papa, dass Theo der ideale Weihnachtsbraten wäre. Papa saß im selben Moment aufrecht im Bett. „Und wer soll Theo, äh, ich meine..." Papa verschlug es die Sprache. „Na Du. Ist doch wohl klar. Machen Männer doch schon seit der

Zeit, als sie noch Jäger und Sammler waren,"
antwortete Mama, drehte sich gähnend auf die
Seite und war im nächsten Moment
eingeschlafen. Papa dagegen machte in dieser
Nacht kein Auge mehr zu.

„Es hilft nichts. Ich kann nicht hier sitzen und
Theo anstarren. Es muss etwas passieren,"
murmelt Papa vor sich hin. Er steht auf und
nimmt das Messer in die Hand. Theo legt den
Kopf auf links und blinzelt mit dem rechten
Auge. Papa hebt das Messer und geht an Theo
vorbei zum Messerblock. Dort steckt er das
Messer in den Messerblock. Er geht aus der
Küche in den Flur zur Garderobe. Mama und
die Kinder sind heute nach Berlin zu den
Großeltern gefahren. „Merkwürdig, gerade
heute", denkt Papa, als er sich die Jacke
anzieht. Theo sieht ihn von unten nach oben an
und scheint zu denken: „Wo willst Du denn jetzt
hin?"
Papa steigt ins Auto und fährt zu dem Bauern
ins nächste Dorf.

Es ist der Bauer, der seinerzeit Theo ausbrüten ließ. Jetzt hat er Gänsebraten für das Weihnachtsfest im Angebot.

Theo steht am Küchenfenster. Sie hat den Kopf auf links gelegt, blinzelt und scheint zu lächeln, als sie dem davonfahrenden Auto nachblickt.

Erlebnisse eines Einkaufswagens

Kennen sie Einkaufswagen?
Sicher, da sie uns bestimmt mehrmals in der
Woche begegnen.
Vielleicht im Supermarkt. Oder im Baumarkt.
Da stehen wir dann entweder im Freien, bei
Wind und Wetter, oder im Warmen, in der
Halle. Wir warten dort auf sie. Es ist unser Job,
ihnen den Einkauf zu erleichtern.
Ich bin ein WANZL Serie EL Einkaufswagen mit
einem 240 Liter Korb und ohne untere Ablage.
Leicht zu schieben und bequem zu beladen.
Aber ich glaube, dass sie das gar nicht
interessiert. Spannender ist sicher, warum ich
heute auf dem Friedhof gelandet bin. Aber
lassen sie mich in Ruhe erzählen.
Wo fange ich am besten an?
Also: Heute Morgen ging es gleich beim ersten
Kunden schmerzhaft zur Sache.
Autsch, schrie ich lautlos, als der Typ mich
gegen die erste Palette mit Erdbeeren
donnerte. Vier Packungen Erdbeeren flogen in
den Gang und kullerten davon, um sich in
Sicherheit zu bringen. Die roten Spuren der

matschigen Erdbeeren auf dem Fußboden sahen aus wie ein Blutbad. In Schlangenlinien ging es weiter durch den Supermarkt. „Das ist ja ein Ding. Der Wagen zieht immer nach rechts. Gehört aussortiert", hörte ich den Kunden meckern. Was für ein unangenehmer Zeitgenosse.

Ich kann doch nichts dafür, dass das linke vordere Kugellager verrottet ist.

Als ob mir seine Fahrkünste Spaß machen würden. Mit Gestörten aller Art habe ich Tag für Tag zu tun. Glauben sie mir, es ist unerträglich.

Vier Großgebinde Bier verschwanden beim nächsten Halt in meinem Bauch. Als ob das noch nicht reichen würde, packte der Kunde noch vier Sechserpack Mineralwasser oben drauf. Oh Gott, mein Kreuz, wollte ich gerade stöhnen, als ich spürte, wie meine beiden Hinterräder in die Knie gingen. Ein schrilles Quietschen begleitet von einem metallischen Knirschen endete in einem lauten Krachen, als mein Fahrgestell räderlos auf die Fliesen schlug. Ich kippte seitwärts in eine Tiefkühltruhe. „Was ist denn jetzt los", brüllte der Kunde. Durch den Schmerz der Radbrüche fiel ich in Ohnmacht und sah mein Leben, wie in einem Film, noch einmal an mir vorüberziehen.

Draht wird gebogen und auf Länge geschnitten, ein wärmendes Zink Bad durchschwommen. Es wird geschweißt, geschraubt und gehämmert. Zum Abschluss ein blauer Griff und vier schwarze Räder montiert. Fertig.
Ich erwache zum Leben. Zum ersten Mal nehme ich meine Umwelt wahr. Die Fabrik ist für mich die Mutter und der Arbeiter, der mich zu den anderen Wagen schiebt, ist mein Vater. Bald schon habe ich sie vergessen. Auf einem LKW treffe ich meine Verwandten. Ineinander verkeilt werden wir für den Transport mit Gurten festgezurrt. Neugierig und gespannt warten wir darauf, wo wir wohl landen werden. Nach einer langen Fahrt öffnen sich die hinteren Türen und Licht strömt herein. Die Sonne lässt uns wie Schmuckstücke glänzen. Vor einem Supermarkt werden wir abgeladen. Eine

Armada von über 200 Einkaufswagen.

Nagelneu und strahlend schön.

Am nächsten Tag ist die Eröffnung des Supermarktes.

Hände reißen uns ruppig auseinander.

Schonungslos werden wir beladen, meistens überladen, bis wir unter der Last ächzen. Wir werden durch die Gänge des Marktes gejagt, gegen Regale gestoßen und verbeult. Tiefkühltruhen, Paletten und Präsentationsgestelle werden unsere Feinde, die mit ihren scharfen Ecken und Kanten unsere Oberflächen verletzen. Nach einigen Monaten sehen wir alle ziemlich mitgenommen und unansehnlich aus.

Das ist nun schon viele Jahre her. Der Preis der harten Arbeit: Ausgeschlagene Kugellager und ein zerbrochener Griff. Meinen verbeulten Korb und drei aufgeplatzte Schweißnähte haben die Inspekteure wohl absichtlich übersehen.

Der Marktleiter beugt sich über mich und meint: „Tja, mein Junge. Das war's dann wohl."

Dem Kunden sagt er: "Es tut mir leid, aber dieses Methusalem-Modell muss uns irgendwie

durchgerutscht sein. Sie haben sich doch
hoffentlich nicht verletzt?"

„Nein, nein. Es ist schon ok. Aber für den
Schaden kann ich ja wohl nichts, oder."

„Selbstverständlich nicht", antwortet der
Marktleiter, „Machen sie sich keine Gedanken.
Ich schicke ihnen einen Azubi. Der wird ihnen
bei ihrem weiteren Einkauf helfen", antwortet
der Marktleiter.

Ich liege entladen und bewegungsunfähig im
Gang, alt und kaputt.
Zwei Monteure im Blaumann ergreifen mich.
Und ehe ich mich versehe, werde ich lieblos auf
die Ladefläche eines Kleintransporters
geworfen.

Die Fahrt endet auf einem Schrottplatz, und wie
ich schnell merke, ist es ein Friedhof für alte,
angeschlagene und ausgediente
Einkaufswagen.
Ich treffe viele bekannte Kollegen. Wehmütig
begrüßen wir uns und warten ab.
Der Greifer eines Krans baumelt über uns.

Er drückt zu und hat gleich mehrere von uns in seinen Krallen. Wir landen in einer Presse, die uns als kleines Paket wieder ausspucken wird.

Ein Einkaufswagen wispert noch: „Ob wir noch einmal als Einkaufswagen auf die Welt kommen werden?"

Mir ist das im Moment völlig egal. Die Menschen habe ich nur von ihrer groben Seite kennengelernt.

Rücksichtslos, anmaßend und zerstörerisch.

Für Menschen haben Dinge keine Seele.

Wenn die wüssten.

Ich habe die Menschen nur seelenlos erlebt.

Auf den Kran wartend höre ich den melodischen Gesang einer Amsel.

Das beruhigt mich.

Ich fühle, wie mich ein Glücksgefühl durchströmt.

Ich habe das noch nie erlebt.

Was würde ich dafür geben, wenn ich dem Vogel ewig zuhören könnte.

Der Krangreifer packt mich.

Die Blume

Die Blume hatte eine aufregende Saison hinter sich. Emsig arbeitende Bienen, bräsig schaukelnde Hummeln und zart schimmernde Schmetterlinge konnten sie nicht verfehlen. Angezogen von ihren knallbunten, duftenden Blüten hatten sie Nektar bei ihr gekauft und sie befruchtet. Nun trug sie ihre Kinder in sich.

Eine unfreundlich heiße Sonne hatte ihr Grün bekämpft und ein angenehm prasselnder Regen sie mit dicken Wassertropfen erfrischt, die langsam an ihr herunter gekullert waren.

Jetzt war sie erschöpft mit ihren kraftlos gewordenen Blättern. Blättern, die sich schleichend gelb verfärbten, um schließlich abzufallen. Ohne Kleid fühlte sie sich nackt und begann zu frieren.

Sie verfiel der Illusion, dass der davoneilende Sommer sie mitnehmen würde.

Das Wetter wurde immer rauer und die Stimmung der Ringelblume immer trübsinniger.

Die Blume verblühte in der Hoffnung auf eine Wiedergeburt im nächsten Jahr.

On the Road

Er nimmt nie jemanden mit.

Er fährt 80.000 km im Jahr.
Mit dem Auto. Quer durch Deutschland.
Von Nord nach Süd und von West nach Ost.
Immer wieder.
Und das seit Jahren.

Von etwas muss der Mensch doch leben. Er
lebt vom Verkaufen. Er verkauft Spezial-
Kartoffelschneider. Komisch gebogene
Metalldinger, die nicht lange halten, aber
beeindruckende Ergebnisse liefern. Auf den
Wochenmärkten sind die Gaffer verrückt
danach.
Er darf nur nicht zweimal an demselben Ort
auftauchen. Das ist ihm ein einziges Mal
passiert. Da gab es richtig was aufs Maul. Es ist
ihm eine Lehre geblieben.

Die Autobahn zieht sich in die Länge.
Es regnet.
Er fährt auf einen Rasthof.

Sie steht an seinem Auto.
Völlig durchnässt. Ihre graublauen Augen
passen zu dem graublauen Wetter. Er lässt sie
einsteigen.
„Wohin?" - „Einfach gerade aus."

Er fährt unsicher.

Sie grinst ihn breit an. Die Nacht kommt und sie
fliegen durch sie hindurch. Sie redet und redet.
Ihre Wörter schlagen wie Torpedos bei ihm ein.
Die Nacht wird zum Tag. Sie aber fliegen
weiter.
Er fragt sich, ob er sie mag.
Ihr Lachen lässt ihn noch unsicherer werden.
Wann hatte er das letzte Mal etwas mit einer
Frau? Ewig her.

Das Auto braucht Sprit und sie eine Pause.
Ob sie immer so mit ihrer Liebe um sich wirft,
denkt er.

Aufreizend läuft sie durch die Raststätte und
grinst die glotzenden Reisenden an.

Dieses ganze halbtote Pack. Die Kellnerin bedient sie lustlos und aus der Musikbox dröhnt Blechmusik.

Sie sitzt rittlings auf dem Stuhl und sagt:" Lass uns gehen."

Sie gefällt ihm und er vergisst seine Kartoffelschäler. Sie fliegen weiter durch Nächte und Tage.
Er braucht ihre Nähe, wie ein Süchtiger.

Der Tank ist ein letztes Mal leer und der Regen lässt die Stadt nass zurück.
Sie ist fort.

Er nimmt niemanden mehr mit.

Eine unfertige Geschichte

Ich muss Ihnen etwas erzählen. Kurz und knapp und da ich außerdem auch in Eile bin.

Ich hatte das schattenähnliche an meiner Seite kaum bemerkt. Aber Ich fuhr aus meinen Gedanken hoch und war stehen geblieben. Unsicher darüber, was ich glaubte wahr genommen zu haben. Langsam verwandelte sich die Oberfläche meines Rückens in eine Gänsehaut. Wie durch ein in Eiswasser getauchtes Tuch erschreckt. Ich zitterte. Gleichzeitig drängelten sich Schweißperlen auf meiner Halbglatze wie Mineralwasserperlen. Ich stand da wie gelähmt. Unfähig mich zu bewegen. Isoliert in meinem starren Körper schlug ein wild arbeitendes Gehirn Purzelbäume. „Was soll ich tun?"
Die Frage stieg aus meinem Kopf in die Beine, die sich plötzlich in Bewegung setzten.
Ein Vorwärtsstolpern in Zeitlupe steigerte sich zu einem Trott, um schließlich in ein wahnwitziges Tempo auszuarten.

Ich rannte weg, bis ich atemlos zusammenbrach. Auf dem Rücken liegend japste ich wie ein Fisch, der sich an Land verirrt hatte. Mein Verschnaufen dauerte nur kurz und wurde durch ein Geräusch unterbrochen.
Etwas Dunkles stürmte auf mich zu und eine andere Dunkelheit nahm mich gnädig in Besitz. Wie lange mag ich gelegen haben?
Ich machte mir nicht die Mühe, es heraus zu finden. Im Aufstehen suchte ich die Umgebung nach Hinweisen ab. Nichts. Alles war unbekannt.

Plötzlich ein Knall, wie von einer Kanone abgeschossen.

Ich zucke zusammen und werde wach.
Ich sitze in meinem Bett und höre Geräusche, die durch das offene Schlafzimmerfenster herein tönen. Auf der Straßenkreuzung stehen zwei in einander verkeilte, brennende Lastwagen. Menschen laufen schreiend durcheinander, wie aufgeschreckte Ameisen. Der Gestank von brennendem Diesel dringt in mein Bewusstsein. Aus der Ferne nähern sich

Sirenen. Gleich werden Feuerwehr und Polizei eintreffen.

Ich schließe verwirrt das Fenster und suche nach dem Ende der Geschichte.

Müde bin ich geh zur Ruh

„Haben Sie das schon länger?" fragt der Arzt.
„Was denn?" antworte ich so bebend, wie ein
aufgeregtes Nashorn.
„Na, Ihre Schlafstörungen".
„Woher wollen Sie denn wissen, dass ich unter
Schlafstörungen leide, Herr Doktor", plustere
ich mich rotgesichtig auf. Der Doc muss an
einen durchgedrehten Truthahn denken.
„Na eben, wegen Ihrer Eruptionen", flüstert er
deshalb bereits leicht eingeschüchtert. Ich
stehe vor dem Arzt und berühre mit meiner
birnenförmigen Nase sein Gesicht. Mein
Knoblauchatem fliegt zu ihm rüber, als ich ihn
anbrülle: „Was gehen Sie denn meine
überhaupt nicht vorhandenen Schlafstörungen
an? Ich bin hier, weil mich meine Hämorrhoiden
jucken. Vielleicht kümmern Sie sich mal um die
Beseitigung dieses Problems". An seiner Brille
läuft ihm meine feuchte Aussprache herunter
und er sucht in seiner Hosentasche nach einem
Taschentuch: „Ist ja gut, Herr Bernhard,
„beruhigen Sie sich bitte. Immer eins nach dem

anderen. Dann lassen Sie mal die Hose runter. Ich will mir den Unruheherd einmal ansehen. Wobei. Ihren Blutdruck sollten wir demnächst auch mal unter die Lupe nehmen."

Das Café Baier liegt auf meiner Wellenlänge. Düster und ungemütlich. Eiskalter, frisch gepresster Orangensaft erfrischt meine Kehle und lässt mich Arzt und dessen Gestammel verdrängen. Stimmt schon. Ich schlafe schlecht ein und an Durchschlafen ist nicht zu denken. So geht mir das schon seit ewigen Zeiten. Als ich noch geraucht habe, war es noch viel schlimmer. Erst als ich die heiße Ingrid kennenlernte, war ich einige Monate etwas ruhiger. Doch, was geht den Arzt mein Blutdruck an. Messen habe ich ihn nicht lassen. Wozu soll dieser ganze Blödsinn denn gut sein? Es regt mich auf, wenn Leute etwas von mir wollen, was ich nicht möchte. Nachts wandere ich wie ein Tiger durch den Käfig meiner zugemüllten Ein-Zimmer-Wohnung. Immer auf und ab. Und ab und auf.

Schrecklich.

Mir kommt schon die Galle hoch, wenn ich an die Dunkelheit denke.

Als ich noch meinen Job hatte, war ich glücklich.

Und ruhig.

Ich machte meinen Job, wie Millionen andere Menschen auch: Völlig unauffällig und ohne anzuecken.

Dann kam der neue Chef.

Ein Gesicht wie ein Ochsenfrosch und Manieren, wie ein Neandertaler.

Der lockte mich aus meiner Reserve.

Als ich darauf kam, dass er mich hinaus mobben wollte, bin ich in sein Büro gegangen, habe es von innen abgeschlossen und ihn sämtliche Zähne schlucken lassen.

Nach 18 Monaten kam ich aus dem Gefängnis frei und war seitdem immer aufgeregt.

Irgendwie ist mir der Knast nicht bekommen.

Seit der Zeit bin ich auf 100, wenn etwas nicht gleich richtig läuft. Ob ich ein Choleriker geworden bin? Ich weiß es nicht. Ich kühle nach einem Wutausbruch immer schnell wieder ab und bin auch nicht nachtragend.

Schon lange grüble ich vor mich hin, warum das so geworden ist.

Die Schlagzeile der Zeitung vor mir behauptet in fetten roten Lettern, dass der Sommer dieses Mal extrem heiß werden soll. Ich könnte kotzen. Hitze liegt mir nämlich nicht. Ab 30 Grad fange ich an durch zu drehen. Das kann ja heiter werden. Vor Wut zerknülle ich die Zeitung, werfe sie in die nächste Ecke, brülle den Kellner an: „Zahlen", und renne aus dem Café. Ich muss hier weg. Also fahre ich nach Köpenick. Da wollte ich immer schon einmal hin. Wegen der Altstadt. Und wegen dem Hauptmann von Köpenick und so.

Ich sitze in einem bayerisch aufgemachten Restaurant direkt am Wasser. So richtig idyllisch, möchte man meinen. Ich fange an mich wohl zu fühlen. Eine freundliche Bedienung nimmt meine Bestellung entgegen und entfernt sich. Nach über 35 Minuten taucht endlich eine blondgefärbte Schnepfe mit rustikalem Vorbau und meiner Mahlzeit auf. Meine Druckluftanzeige dürfte mittlerweile bei 200 ATÜ liegen. „Hat ja reichlich lange

gedauert für ein Paar mickrige Weißwürste",
platzt es aus mir heraus.

Unterkühlt erwidert das Dienstleistungswunder:
„Wieso? Seien Sie doch zufrieden, dass Sie
überhaupt bedient werden." Beim Klang ihrer
letzten Silbe hängen die beiden Weißwürste in
ihrer Frisur und ihre rechte Wange leuchtet
tiefrot. Meine Backpfeife war gepfeffert und hat
punktgenau gesessen.

In der Zelle des Polizeireviers komme ich
wieder zu mir und bin die Ruhe selbst. Der 150
Kilo schwere Fleischberg vom Nebentisch hatte
meinen Scheitel mit einem Klappstuhl
gestreichelt. Hatte ich gar nicht mitbekommen,
weil die Lichter schlagartig ausgegangen sein
mussten.

Am nächsten Morgen stehe ich vor der Wache,
mit einer Anzeige wegen versuchter
Körperverletzung in der Tasche. Das Verfahren
ist in Gang gesetzt. Ich werde von ihnen hören.
„Na prima", denke ich und fahre nach Hause.

Endlich misst der Arzt meinen Blutdruck.
Tatsächlich viel zu hoch. Werde Pillen nehmen
müssen. Doch nicht so übel, der Doktor.

Ich schlafe tief und fest wie ein Baby und bin am nächsten Morgen frisch und munter. Das ist neu für mich: abends immer die Hämorrhoiden einreiben und Pillen schlucken zu müssen. Die Pillen tun mir gut. Ich will mich gar nicht mehr aufregen.
Morgen erscheint meine Kontaktanzeige.
Mit einem süßen Mäuschen an der Seite schläft man garantiert noch besser ein.
Wenn das mit dem Job auch noch klappen sollte, stimme ich bald wieder in den Chor der Normalos ein: „Müde bin ich, geh zur Ruh".

Andererseits ist es auch irgendwie blöd, so völlig ohne Aufregungen.

Verdammt noch mal.

Sonntag - Warum fühlt es sich an diesem Tag anders an?

Sonntag, sagte sich Herr Montag, werde ich mal Frau Dienstag besuchen fahren.

Sie ist einsam, seit sie von Herrn Mittwoch geschieden worden ist.

Der hatte sie nämlich am Donnerstag mit Frau Freitag betrogen.

Um ihr Herz zu erleichtern, hatte sie ihn am Sonnabend angerufen.

Herr Montag wird Frau Dienstag am Sonntag spüren lassen, warum es sich an diesem Tag anders anfühlt.

Irgendwann

Irgendwann werde ich nur noch ein Foto sein
und in deiner Erinnerung.

Irgendwann wird der Regen die Tränen
weggespült haben

und die Sonne das Foto verbrennen.

Denn irgendwann bleibt nichts mehr

auch nicht die Erinnerung

und wir finden uns wieder.

Irgendwo.

Wo läufst Du hin, Alter?

„Ich bin 62.“
„Ich schon 78.“
„Ich bin 92 und laufe Marathon.“

„Was, das kann doch gar nicht angehen.“
„Hätte ich auch nicht für möglich gehalten.“
„Doch. Das geht. Und außerdem habe ich erst
mit 71 mit dem Laufen angefangen.“

„Unglaublich. Wobei Sie mit Ihrer zierlichen
Gestalt natürlich einen guten Läufer abgeben.“
„Stimmt. So sieht er auch aus. Da kann ich mit
meinen 1,92 und kaputten Knien nicht
mithalten.“
„Aber, aber, meine Herren. Ich möchte doch
damit nicht glänzen. Ich war schon immer
sportlich.“

„Ich bin 1,79 und bringe so um die 94 kg auf die
Waage.“
„Sieht man Ihnen auch nicht an. Na ja,
vielleicht. Sie haben so ein glattes Gesicht.“

„Mit 62 war ich noch nicht so grauhaarig wie Sie. Wurde ich erst mit Mitte 80."

„Na und, manche sind schon mit 18 grau oder mit 20 sogar kahl."

„Ich färbe meine Haare nicht. Ich sehe Ihnen an, dass Sie beide das vermutet haben."

„Habe ich auch. Dann steckt das in Ihren Genen."

„Man muss ja nicht färben, man kann ja auch tönen. Der Schröder hat auch immer behauptet, dass er nicht färben lassen würde."

„Der sah aber auch merkwürdig aus. Diese faltige Hackfresse, gekrönt von dichtem Haar und dann noch so dunkel. Ein eitler Fatzke war das in meinen Augen."

„Ich habe nach dem Krieg immer CDU gewählt. Da war mir die Frisur der Kandidaten eigentlich Wurscht."

„Ich habe in meiner Jugend meine Haare mal blond getönt. Außerdem hatte ich eine Mini Pli."

„Sind Sie schwul?"

„So etwas fragt man nicht."

„Wieso nicht. Lassen Sie ihn das doch fragen.
Nein, ich bin nicht schwul. Außerdem ist das ja
schon Jahrzehnte her. Meine Frau würde mir
heute schon auf die Finger klopfen."
„Ich bin Witwer."
„Ich auch."

„Wohnen Sie noch zu Hause?"
„Ja, ich habe eine schöne Neubauwohnung im
Wedding."
„Bei mir ist das ganz anders. Ich habe über
meine Laufgruppe Anschluss an ein Mehr-
Generationen-Haus gefunden. Da lebt alles
zusammen. Von sechs Monaten bis zu 92
Jahren."

„Dann sind Sie da ja der Methusalem."
„Hä, hä. Methusalem ist gut. Hä, hä."
„Wieso lachen Sie so blöde? Klar, bin ich der
Älteste. Aber Sie sollten die Jungen mal sehen,
wenn ich trainiere. Stielaugen hatten sie am
Anfang und Stielaugen haben die immer noch.
Wir waren alle zusammen im Kino und haben
uns Didi Hallervorden angesehen in „Sein

letztes Rennen". Ich laufe, wie Didi, vor meinem Alter weg."

„Bravo."

„Ebenfalls Bravo. Nehmen Sie mir das mit dem Lachen bitte nicht übel. Es ist deshalb so komisch, weil Sie und Methusalem gar nicht zusammenpassen. Da muss man schon mal schmunzeln."

„Na ja, Sie haben Recht. Ich bin eben manchmal ganz schön aufbrausend. War ich schon immer. In all den 92 Jahren. Ich kann mich über alles Mögliche aufregen.
Egal, ob das bei Hertha ist oder um den BER geht."

„Gehen Sie etwa noch zum Fußball?"
„Na, das ist ja ein Ding."
„Selbstverständlich. Ich habe eine Dauerkarte für die Ostkurve. Mittendrin. Da, wo der Bär steppt."

„Da ist ja unglaublich. Zwischen all den Hooligans und den Bengalos."

„Da ist man doch seines Lebens nicht sicher."
„Was Sie für Vorstellungen haben. Das sind doch überwiegend liebe Jungs und Mädels. Wenn die nicht wären, wäre überhaupt keine Stimmung im Stadium."
„Na, ich weiß nicht. Was man immer so hört und liest."
„Ja, genau. Und dann die Bilder im Fernsehen. Also, ich könnte da nicht hingehen."
„Sehen Sie, und genau da liegt der Hund gegraben. Sie machen sich kein eigenes Bild und leben mit Wissen aus zweiter Hand zufrieden. Darf man nicht machen. Sie sollten lieber hingehen und sich selbst ein Urteil bilden."

„Vielleicht haben Sie Recht. Früher war ich auch öfter bei Hertha. Da habe ich sofort wieder den Geschmack von knackiger Bratwurst und kühlem, frischen Bier auf der Zunge. Einfach köstlich."
„In den Siebzigern waren regelmäßig weit über 70.000 Menschen im Stadion."
„Kommen Sie doch zum nächsten Heimspiel einfach mal mit. Sie werden begeistert sein. So

ich möchte mich jetzt verabschieden, ich muss los."

„Wo wollen Sie denn hin? Es ist doch gerade so gemütlich hier auf der Bank."
„Ja und die Oktobersonne wärmt noch so angenehm."
„Nein, ich kann nicht länger warten. Ich muss zu BMW, um mein neues Cabrio ab zu holen. Anschließend fahre ich mit meiner Freundin für vier Tage nach Sylt zum Wellness. Das Mädel wird in zwei Tagen 81. Tschüs, Ihr beiden bis zum nächsten Mal. Und denkt mal über was Anderes nach, als über Euer Alter."

„Man möchte meinen, der hat sie nicht mehr alle."
„Recht hat er. Ich werde gleich mal zu „Runners Point" aufbrechen und fragen, ob es bequeme Laufschuhe für 78jährige gibt. Servus."

Die Sylt Trilogie

Sylt 1

Laufen auf dem Silbersee,
wenn die Sonne das Wasser
auf dem Strand glitzern lässt.

Dabei den Tönen aus der Wellenröhre
lauschen
und den Salzdunst von den Lippen
lecken.

Des Windes Kälte an den aufgestellten
Armhaaren herunter klettern
fühlen.

Mit den Sohlen drückst du den Sand
in Form
und bleibst flüchtig
auf Sylt.

Die nächste Welle ist dein Ende.
Und du verschwindest spurlos.

Sylt 2

Gosch und Blum,
Sansibar und Adenauer.

Fischbrötchen-Pappe,
Wichtig-Menschen und
Schlabberlook-Klamotten.

Bier und Wein in Mengen.
Ferien bei Unter-sich-seins.

Alte Knacker mit Größenwahn und
dicken Karren.
Goldene Uhren an alten Weibern,
mit Gigolos an operierten Schnauzen.

Sylt hält das aus und wird geliebt.
Von allen.

Auch von Normalen.

Sylt 3

Wellen rufen rauschend
unbekannte Botschaften.

Möwen ankern in Böen,
bewegungslos, scheinbar schwerelos.

Sand und Salz leben
auf trocknen Lippen.

Kühle überrascht,
weil eben noch Sonne war.

Regen fällt auf feuchten
Strand.

Seegras neben deiner Decke in der Düne.
Hier ruht der Wind.

Du möchtest lange hier verweilen,
weil Zeitloses dich hält.

Das ist der Geschmack von Sylt.